現代短歌クラシックス01

林檎貫通式

飯田有子

目次

林檎貫通式

宇宙服とポシェット

林檎貫通式

ミンチン戦争

のしかかる腕がつぎつぎ現れて永遠に馬跳びの馬でいる夢

ストローでぶくぶくにするびん牛乳理論的には永久なのに

女子だけが集められた日パラシュート部隊のように膝を抱えて

つーかーの仲にはなれない歯磨きのしましま模様をだめにしたもの

大変だ！　おとついミンチン先生に復讐ちかったことがばれたぜ

犬の小便に筆文字滲みゆく「死ね死ね団会計係募集中」

誕生日はヒトラーと同じ。

太陽には目鼻をつけなきゃ気がすまない悪癖はたぶん隔世遺伝

「Ｍｙ……ｓｔ……ｓｔ」眠る子を置き去りにしてゆくごときささやき

にせものかもしれないわたし放尿はするどく長く陶器叩けり

引き算は大嫌いなのおお寒い埴輪のようにうつろな口は

菜の花にからし和えればしみじみと本音を聞きたい飛雄馬の姉さん

獅子座のO《オー》を理想にかかげ

カレンダーに×が十七　そばかすの伝染していく夏休みです

新発売のファンタのげっぷしつつみな人工呼吸にあこがれている

金色のジャムをとことん塗ってみる焦げたトーストかがやくまでに

呼べばおまえがくわえたままで振り返るアイスクリームのかぼそい木べら

夏空はたやすく曇ってしまうからくすぐりまくって起こすおとうと

コンパスを踊らせながら決めたんだいちばん言いたいことはいわない

求愛の鳥のごとくに広げた手つないでアキレス腱のばしおり

負けたとは思ってないわシャツはだけかさぶたみたいな乳首曝しても

足首まで月星シューズに包まれていさえすればいさえすればね

ひまわりのはっぱの下で厳粛にたちしょんべんをしてみた真夏

クリスマスナイトレース

ムーミンパパという名の馬に賭けといたレース忘れたままで週末

他愛ない理由でいいよ口づけは蛇腹のカーテンもすこし開けて

「怒りを鎮めるクラシック10」聴きながらぐるぐるかきまわすだけのコーヒー

ＮＯということも面倒だきあえば砂糖焦がした匂いがするね

しゃっくりのためにふたたびずり落ちるプリマドンナの細き肩ひも

続けてよおとぎ話の最後まであわだて卵の角が立つまで

ダースベイダーの寝息みたいにやかましく規則ただしく聞こえてたっけ

弱点を白状するまでシーソーのおまえ地面におろしてやらない

オーバーオールのほかなにも着ず春小麦地帯をふたり乗りで飛ばそう

微笑んだかたちのままにくちびるを重ね合わせたへんな口づけ

闇シャンプー

ここは目を閉じなくっても闇のなか泡立てているおまえの頭
ふてくされながらあたしがつくるシャボンかたっぱしからげんこでこわす
バスタブのまっくらやみに微笑しておいでおいでをしている気配

胸と胸寄せあうときもバスタブに抱き合うときもただの寒がり

びしょぬれのおまえが遅れて浮き上がる舌打ち一つ背に聞いており

ホールドアップされて乳房に巻尺を巻かれるときだけ素直なあたし

怒ったらだまりこむ癖ボンネットに干上がってゆくふたりの水着

そうでない夜にも折って分けあえばウエハースは溶けやすき菓子

ふたりとも寝返りを打たなかった

眠れずにいる星の夜はヴェポラップ塗られた胸をはだけたまんま

しゃっくりを止めない方法

ねむりながらバレリーナのごと歩みゆくお前を尾けてこの防波堤まで

北半球じゅうの猫の目いっせいに細められたら春のはじまり

そしてへたばったジョガーの閉じられたまぶためがけて降るひとしずく

はわあゆーあくびはうつりますことよ愛の有無などおかまいなしに
なにもかも何かにとって代わられることの星で起こることはそれだけ
歌うのをやめた息にて一さじの穀物がゆをさましているわ

天才嘘つきのおまえのみつあみは王冠よりもゆたかに編まれ

三日月よまあるくなあれ妹のためにでかでかぷっちんぷりりんぱ

こしぬけめ　ひなたにみのるももの実のようなひたいに唇ゆるす

「……てもいい」ゼムクリップを折り曲げてハートの形にするのが特技

二本指で犬歯たがいにいじりつつねころがりつつ春は過ぎろよ

見張り番もたれてねむる槍の穂にそっとさわってきたほうが勝ち

バージンサイエンス

誰が誰が　冷蔵庫にひゅんひゅんと投げつけられる猫形磁石

だれとだってできることでしょ一突きでクラッシュアップルパイできあがり

れいこさんあれは誘蛾灯です青いけどまた髪のばしてくれますか

星座盤後ろ手にキャッチ愛するは滞空時間長き生きもの

なにをしてもいまははじめて雪のはらいたいのいたいの飛んでおいでよ

ピアノ椅子ふたつ並べるおそろしさみつあみをどうかほどいてみせて

ナースのように脱がせておいて言うことにゃ「心臓の位置まちがってない？」

あこがれはつまさきだちにやってきてつむじにキスをくれていったの

手でもって上のほうから順番にあらためさせるわたしのこころ

駈けてゆけバージンロードを晴ればれと羽根付き生理ナプキンつけて

サイ・サイ

ゆいごーん　春一番に飛ばすジェリーフィッシュアレルジイ証明書

足首をつかんできみをはわせつつおしえてあげる星のほろびかた

かんごふさんのかごめかごめの（*sigh*）（*sigh*）（かわいそうなちからを）（もって）（いるのね）

カナリアの風切り羽ひとつおきに抜くミセスＯ．Ｊ．シンプソン忌よ

わたくしは少女ではなく土踏まずもたない夏の皇帝だった

ママの泣きはらした瞼がきれいだから言いつけどおり噛まずになめる

なりたくないなりたくないと背泳に見上げるかみなり雲の蜂起を

絶対泣かない機械

ぼ・くに気・をつけろ　チャイニーズハンバーグ工場長の歯をこする糸

地下鉄は苺と鯨に同じ眼が埋め込まれている夢をみながら

寒いねでもね猫目ばばあだけにきこえるんだよあの天気予報は

雪まみれの頭をふってきみはもう絶対泣かない機械となりぬ

寒がりな悪漢フェビアン・レザ・パネ氏改心後一番に春野菜買う

廃棄物抱いてもどってくる人のくもる眼鏡に描くぐるぐる

浅水湾までは黙ってついてきてきらわれものにひきわたすまで

まりこさん

ミイラになってもめがねをかけているつもり汗かきの王様でいるつもり

きれいなものからきりはなされてあたしYの字ぱちんこどこへやったろう

水にも宙にも向日葵が群れて笑ってオレシステムは稼働始めた

・オレシステム＝浅野浅蔵氏の命名語

シャボン玉口にふくんだような声ですが決して名前は呼ばないのです

まりこさんまりこさんなら誰でもいいきゅうりパックの隙間より笑む

非常口のみどりに捧ぐ

魚の輪のみだれて散るをゆびさすとこれはわたしの誰を呼ぶ声

白くぼやけたゴミ袋を暗闇に放り出せばはたと止む祈禱

球体にうずまる川面いやでしょう流れっぱなしよいやでしょう

静かなる首飾りたち一つずつ首が充たして草原となる

ねえ二本ともにぎっていてねあかねさすあなたの未来家具のようにね

氷越しに太陽したたる今朝はわが向き合いの刑の刑期明くる日

代用夢

裸の肩に辞書をのっけてやってくるあたしだって熊になってやる

それだけで会いに来たのか寝言にて「喫水線までお辞儀できるよ」

生ごみくさい朝のすずらん通りですわれわれは双子ではありませんのです

清らかにカンガルーポケットに指かけてああ服の下には体があるね

コアラのマーチぶちまけてかっとなってさかだちしてばかあちこちすき

クローバーの上であまやかされながらへんだわ自分でなめてとがらすなんて

首の穴押さえて道に立っているどのように指しても冷たいあっち

外側を強くするのよ月光に毛深い指を組んで寝るのよ

四月生まれズ

この春は魚住さんに似た人が多くてカップをソーサーに置く

おしっこくさい地下鉄六番出口なり毛糸美少女を尾けはじむるなり

胸のそれいいえ読まなくていい吊革に両の手首を吊る人は優しい

砕かれたピアノのことを言うときに君の後ろの若葉が騒ぐ

シースルー棘

洗面器の水よりほほえむ前の人ここ一週間で何か誓った？

一つずつ落としこみおりマンホールをポップコーンで埋めようとして

駅を流れる水に口までつかりつつあなたへとさしむける機械の口が

蜻蛉を模した空へとみぎひだり足を浸してきみはいる、決定

すべてを選択しますす別名で保存しますす膝で立ってKの頭を抱えました

透明な箱でわたしは運ばれたい水との境に乳房を置いて

清潔なトイレで教えられたほら背骨の消失点は・ここよ

跳び箱の血のうすれたる六月にほとんど性的に好きだったって

オゾンコミュニティ

折り重なって眠ってるのかと思ったら祈っているのみんながみんな

純粋悪夢再生機鳴るたそがれのあたしあなたの唾がきらい

たすけて枝毛姉さんたすけて西川毛布のタグたすけて夜中になで回す顔

注ぐ水とあふれだす水はそっくりね忘却リストをもうお寄越しなさい

あなたを水に飼えばしあわせ白目と黒目のバランスがよく似てるゆえ

造られた薔薇にたちまち汗浮かび憧憬器官ってそれ？これ？　いいえ

オゾンコミュニティII

じきにもう妹猫がわたしのため湿布をくわえて帰ってきます
品物のように好いておくれ弱い人もしくは弱った強い人
うつむけばみなペンダントを垂らすのでわたしはしていない

法律上の妹的なあやまちを両手はおのずと櫂をかたどる

きみの歯がボタン嚙む音氷の天井ってこんなふうにつくるの

やわらかき板チョコに指紋のこしてそしてどっちかがしねばいい

運のいい男がすきよ首のそれは絶対溶けない硬い硬い氷?

信号機は半眼だから真夜中だからここに出してと手はお椀型

ドールズ（手に負えない）

ティッシュ配る姿馬鹿みたいに見ていたわフードに猫が重たかったわ

あれみんな空っぽじゃない？　うたがいぶかい奴は卵屋にはなれません

日曜日プラスのドライバーで耳そうじビー玉はさんでマニキュア塗り

いつだってまじめだもんとふりかえる窓にはおでこのあぶらのあと

消毒問答

それどけてあたしに勝手に当てないでそんな目盛りあたしに関係ない

投与のことも水音と呼ぶ夕ぐれにどこでおちあう魂だったの

to SO-KO

びっくり目をもて主張せよ白いカーディガンの便利さをきみのいない春を

小さな匙を小さな舌に受け取って折り目だらけのきれいなあの子

前髪を切りそろえてあなたと暮らします鉄のお皿に歯を吐きました

東京衛生処女病院行きバスの中首の後ろで歌わないで（嫌）

さてごはんにかけたらいやなものの第一位はdrrr除光液でした

婦人用トイレ表示がきらいきらいあたしはケンカ強い強い

では、がんばりましょうねえとおばあちゃんが手をあげて降りていった夕焼け

なぜ涙が砂糖味に設定されなかったかそんなの知ってる蟻がたかるからよ

補注

死ね死ね団――悪の秘密組織で「愛の戦士レインボーマン」の敵。
ダースベイダー――映画「スター・ウォーズ」に出てくる人物。黒い。
ヴェポラッブ――鼻づまりを治す塗り薬。すーすーする。
フェビアン・レザ・パネ氏――実在するピアニスト。悪漢でも寒がりでもないと思う。お名前が素敵なので借りました。ごめんなさい。
浅野浅蔵氏――「おもしろがる力を高めよう」という主張をもつ人。おもしろい。
コアラのマーチ――中にチョコのつまったお菓子。いろんなコアラがある。

宇宙服とポシェット

新しい生き物

ふたりとも生理だったの後ろ手にかちかちふるえる袖ボタンたち
水中にのびちぢみする血をみてましたメスのペガサスのような瞳で
トイレットペーパーホルダーに映ってるわたしたちまざって新しい生き物

涙の粒まつげにつけた人を抱く二人三脚の紐とかぬまま

にせの水音明るくひびくトイレでは下から見上げる睫毛って変

たき火くさいポニーテールをぶつけあうそれには二つの意味があります

銃弾にそっくりな白いお薬を埋め込みなさいと言われた体
おしっこの終わりあたりは誰だって震えるものよ　消すよ　好きよ

ウルトラの胸

紙飛行機ひろげて書いたにちがいない折り目だらけのきみからの手紙

「食パンが胸につまるの五月なの本の右側しか読まないの」

真夜中に着せかえられるマネキンの夏服くぐって空をさす指

こっちしか覚えていない記念日に極楽鳥の切手を湿す

顔にできる日かげと日なた全部欲しいと言わずみつめていた長い午後

かくれんぼいつ果てたのか窓々の十円はげのような明るさ

向かい風に吹かれる頬のやや高くまだわからないって顔をしている

ひとりゆく夜の固い道はどこまでもウルトラマンの胸のようです

二台のピアノ

ジューサーに苺湧き立ち春の野へ逃れたけものの身のそりかえり

あんまりにやわらかい頬触れたからとがりはじめるわたしの爪は

トムとジェリーのアニメみたいに彼女の形の穴があいているんだと思う

コンビニの後光さす中じゃあやってとあなたが言った　やってみせた

指ぜんぶからめる仕方でみつめれば星座の交尾のようにさみしい

銀髪のアンディ・ウォーホルその生涯ただの一度も両思い無し

二台のピアノが並んでいました片方のピアノにだけ雨が降っていました

ジャイ子

ジャイアンの妹ではなく初めからジャイ子という名で生まれる世界

金色にみごもるタツノオトシゴの雄、雄、雄のラインダンスよ

ふぞろいに地へ落ちていくこんなにもまぬけな水が涙だなんて

蜘蛛だって蜘蛛の巣のまん真ん中よあたしのことはあたしのものよ

ママの分だったのですと壁に吊るオムレツ色の救命胴衣

塩でもって母が殺せし魚三尾母とその母とそのまた母で食う

「あの台に脚をひらいてのった子はママでも助けてあげられないの」

自らに深く禁ずるものありて蝶の腹部の柔さおそろし

赤ちゃんのうんち見本がつるつるのろう細工にて飾られており

銀色の筒を差しこむ検査にて引きぬかれる時みな声あげる

あたしは　でも　女の誰かがやるんだわ　缶に缶切り突っ立ってるし

羊の名前

春風や友の番号押しながら島で鳴り出す着メロ思う

子どもたちマカロニみたいなやわっこい鼻と鼻とを寄せたがる春

かに道楽のかにのはさみが動きやむ不二家のペコちゃんべろひっこめる

この羊に名前をつけてとたのんだら首をかしげて命名ヨーモー

ものすごく生きてるしょうゆの味がした春の岩場で切った指先

自動ドア二つにわれてきみは夜のセブンイレブンより羽化したる人

玉ねぎの芯だめな人手ぇあげてーって包丁でさして数える紀美ちゃん

あさりの殻でおつゆすくうとたのしいねそのまま飲むともっとたのしい

祖母と宇宙服

砂糖いれすぎたお茶とか古ぼけたアコーディオンの匂いが秋ね

反乱軍、帝国軍と名付けたる二匹の金魚を祖母可愛がる

メモリー板引き抜いたあとのからっぽな胸にとびかう宇宙の蛍

とても愛したので顔の部分には星空がはめこまれるほどでした

おばあちゃんが陰干しに吊る宇宙服とポシェットからほの匂う樟脳

葉ざかりの誰も知らない鳥人間コンテストただ一人の参加者として

おしっこをがまんしすぎて死んじゃった天文学者の短き墓碑銘

早春の祖母おさがりの宇宙服着れば内ポケットは小魚でいっぱい

百年後はじめて口ひらく子供あり「さみしかった」と子供言いけり

ひなたぼっこに抱きしめているおばあちゃんが暗号もちいて遺せし日記

寝たきりな宇宙飛行士緒のごとく闇に曳きゆく尿袋かな

*

熱湯に卵ははずみ外は雪　鍵かけていいかとあなたは言った

ふたりいて鼻歌うたわぬほうの祖母身に雪つもらすほうの祖母

口のなか火傷してるねきれいだねどっちもすきってほんとなんだね

怒ってるのか乾し芋すすめているのかちっともわからぬ冬の祖母たち

吹雪のなか口に押し込まれたチョコと一緒に雪もたべてしまった

あまりにも生身であったのでナマミーと名付けてそれをふりかえらない

ゼラチン

若き母の舌がぬらしたハンカチは真夏の子供のまぶたに置かれ

似ているということくるしく声もなく煮詰められゆくゼラチン質は

終電のねばねばしたる吊り革を一度にぎってとなりへ移る

笑い声のしたほうへすぐ向けられるピストルのようにかなしいよあなた

正しさはバースデーケーキのろうそくのほのおくらいの小ささでいいの

スーパーマンのなんだかつるりとしてそうな足の裏とか合衆国とか

妻ですと名乗ったあとにほほえみて箸に崩してゆくゼリー寄せ

何もかも知ってる顔と何も知らぬ顔はよく似てその日は真夏

たてがみの気配たちまち闇に満ち怒りとは斯く華やかなものか

二十一世紀夏のさかりの食卓のちりめんじゃこにみんな眼が無い

終了を告げる表示はつね赤く西へと帰る電車が過ぎる

抱擁ロボット

神様が女だったらこんなにも痛くしなかったはずだと怒る

おなかにはモニター埋め込みモニターに流れつづける夏空の雲

無重力に産み落としたが臍の緒《ケーブル》のふっつり切れて遠ざかりゆく

ＯＫというボタンがあることにすごく驚くＯＫＯＫＯＫ

さくらんぼうの茎のちらばる真夜中をＡＩのために舞うストリップ

ハル・ナイン・トリプル・ゼロです本日はごアクセス有難うございます

ひとつひとつつくられる虹　モニターの一面に散った無数の唾に

組み合わすようについてる人間の指のならびを不思議がられる

こわごわと触れたるそこは「人ならばまぶたに相当」と記されてあり

まんなかよりすこしずれてる薔薇色のおまえのでべそ機械のくせに

ロボットのきつい抱擁に目を閉じてねじれ草の穂のそよぐ草原

クリームソーダあまりにみどりでさよならはさくらんぼうに向かって言うわ

海辺の町

さくらんぼの箱に手紙が増える夏みつばち群れて姿消す夏

夏服のほころびホッチキスでとめ胸からさきに飛び出してった

はじめての家出は始発の常磐線広野あたりで朝日がのぼる

口つけて飲む子はきらわれ鳥の声校庭にはもうだあれもいない

配達帰りのバイクを停めておじさんがなにかの祠に合掌をした

「お地蔵様のとこまで波が来たそうです」着信音を消したメールに

有刺鉄線のない町でした夜中には海へむかって犬を放した

日当たりよき背中をもっていたきみを荒らかな場所へやってしまった

結んだスニーカー首からさげてびしょ濡れでいつかあの子は帰ってくる

降る雨はおかあさんのしゅくだいですたぶん終わらぬしゅくだいなのです

*

夏空へ父親たちは幼子をスーパーマンのかたちに掲げる

火星に降る雪についてのお手紙を真夏のポストに入れてきました

ヒポポポポポポポタムスとはたぶん陽向にいすぎたカバの学名

目の前の人の巻き毛が好きになり目覚めるまでを指にからめる

花屋にて看板犬の名尋ねおり「根っこと葉っぱです」「根っこと葉っぱですか」

ハンドルに白い如雨露をひっかけて夏生まれの人が自転車で行く

中央線高尾行きなりカカオ行きとはしゃいでいる子の手を引きながら

「学校では泣きやみ方を習ったの」ベールの向こうで花嫁が言う
わたしたちのはすかいに言うさよならはとおくやさしくとんぼの震え

雪かたつむり

すごく熱のある人抱けばうっすらと笑ったままで眠りについた

詩人たちの本名につづけて金額を打ち込んでおり秋の銀行

駅員は骨壺抱いて歩みくる人魚を娶った男のように

仮想敵国の名は美しく闇のなか散る花びらの色はわからず

季節ひとつ先の洋服着ましょうよ　澁澤龍彥さかさまつげ忌

性交はしずかで真冬のかたつむりきりきり巻かれる音がきこえる

きれいだった言わなかったむすびめは汗でしめってほどけなかった

げえげえと吐いてるあなたの涙管はきっと透明でぐるぐるまきだ

もうこわくないこんなかたちをしてるのが吹雪の予報の受話器を置いて

西荻平和通り商店街

水曜日　美容師さんが「ほくろ毛をキープしている率」を囁く

帽子屋のシャッターゆっくり巻きあがり下からあらわれる麦わら帽たち

ガード下のギター弾き氏の足元の「話しかけないでください」の紙

結末を喋ってしまうビデオ屋が閉店した日はよく晴れていた
シンデレラがまとっていたものを説明すボロ布を一度も見たことない子に
パチンコ屋の匂いのっけた西風が平和通りのスタート地点

知ってるよ夜中にいつも魚屋の前で練習してる子でしょう

落とし物が電柱にガムテで貼られてる夏はハンカチ冬は手袋

庭の池のカエルの卵公園にこっそりバケツで運ぶ奥さん

回覧板持っていくたび奥さんのそばかすふえてミモザ真黄色

ときどきどこかへとてつもなく帰りたい眼科検査の気球への道

平和通りの老犬ウメちゃん雑種にてしっぽ振らないふぐりがでかい

夏の夜のパジャマの袖をぬきとれば眠ったままでばんざいするのね

明日よそへ引っ越す人と食べている「とん八」ジャンボにんにくロース

流しそうめんは死ぬまでに絶対やろうねと隣の奥さんと約束をする

セコムしていないおうちの軒先の朝顔夕顔ふうせんかずら

こわれないもの

廃品回収の声はやさしく真昼間に「映らなくとも鳴らなくともかまいません」

本当に朝が来ている　静かなる朝にみつめるこなごなのもの

マジシャンがついに誰にも突き立てぬ華麗な剣のようなるペニス

深々と夜更けの米びつうつそみの肘までうずめて何かにふれる

あめゆじゅ（あぽろ）とてちてけんじゃ13号飛行士スワイガードの発熱

目をとじて低く歌っているきみの指へ炎が近づいていく

「こわれないものはつくっちゃいけないの。こわれないものはほかをこわすの。」

各停のシートひとつに白い羽ちらばり誰も座らぬまひるま

本書は『林檎貫通式』（二〇〇一年、BookPark刊）に新作「宇宙服とポシェット」を加え、一冊としたものです。

あとがき

『林檎貫通式』は、オンデマンド歌集レーベル「歌葉《うたのは》」の一冊として二〇〇一年に刊行したものです。二十年もたちますが、ひらくと、いまの自分と地続きなような、見知らぬ世界のような、ふしぎな気がします。

このたびありがたくも復刊をというお声かけをいただきました。刊行後につくった歌百三十五首を「宇宙服とポシェット」と題していっしょに収録しています。

復刊を企画してくださり、遅筆な著者を待ってくださった書肆侃侃房の田島安江さん。

旧版刊行でお世話になったSS-PROJECTの加藤治郎さん、穂村弘さん、荻原裕幸さん、旧版に素敵なイラストを描いてくれたウメコあらため松井たまきさん。ご著書『めくるめく短歌たち』で歌集をフェミニズム的な視点から読み直してくださった錦見映理子さん。

短歌を通して知り合ったみなさん。読んでくださったみなさん。ありがとうございます。

飯田有子

追記　次の三首は旧版と表記を変えました。

旧　眠れずにいる星の夜はヴェポラップ塗られた胸をはだけたまんま

新　眠れずにいる星の夜はヴェポラップ塗られた胸をはだけたまんま

旧　いまはなにをしてもはじめて雪のはらいたいのいたいの飛んでおいでよ

新　なにをしてもいまははじめて雪のはらいたいのいたいの飛んでおいでよ

旧　かんごふさんのかごめかごめの（*sigh*）（*sigh*）（かわいそうなちからを）（もっているのね）

新　かんごふさんのかごめかごめの（*sigh*）（*sigh*）（かわいそうなちからを）（もって）（いるのね）

著者略歴

飯田有子（いいだ・ありこ）

1968年生まれ。大学時代に作歌を始める。
まひる野、早稲田短歌会、かばんなどに所属、現在無所属。
2001年『林檎貫通式』（BookPark）刊。

現代短歌クラシックス01

歌集　林檎貫通式

二〇二〇年七月二十一日　第一刷発行
二〇二一年十二月十九日　第二刷発行

著　者――飯田有子
発行者――田島安江
発行所――株式会社 書肆侃侃房（しょしかんかんぼう）
〒810-0041
福岡市中央区大名2-8-18-501
TEL 092-735-2802
FAX 092-735-2792
http://www.kankanbou.com　info@kankanbou.com

ブックデザイン――加藤賢策（LABORATORIES）
編　集――田島安江・藤枝大
DTP――黒木留実
印刷・製本――亜細亜印刷株式会社

ISBN978-4-86385-402-4 C0092